一反田

荒木理人

一反田 ＊ もくじ

一反田

一反田　6

夜よねむれ

夜よねむれ　16
しじまのうた　20
それは違う　24
おやすみ　30
ぽかん　36
れーてる　42
明け方の刹那の夢　46

夏のおわりに
あるくひと 54
シングル・ナイト 58
眞実のむこう 68

水準器
無数の始まりと無数の終わり 76
またなる始めに 82

あとがきに代えて
一筆書きでは済まないことを 90

装画　浮浪工房　内海眞治

一反田

一反田

安田登師との出遇いに感謝をこめて

ワキ　これは諸国遊行の者にて候。さても我去る仔細あって、住み慣れし家郷を捨て、諸国を遊行じ仕り候。またこれより諸国行脚に出でばやと存じ候。

地謡　にくき世は前世と後世のまずめ時。行きつ戻りつそのあはひ、たゆたふ人こそかなしけれ。
さばれ恋しき人の世を捨てなんことやあるまじき。捨てぬとならばただひた直に歩むほかには術もなし。世と世のひまをおづおづといさよふべしやもろともに。

さてしもあるべきことならねば。

ワキ　急ぎ候ほどに、これは早やくまの郡に着きて候。またここに清らかなる泉の候。夜も更けたり。しばらくこのところにて休らはばやと存じ候。

シテ　冥きより冥き道にぞ入りにける。黄泉路遙けき旅路かな。

ワキ　不思議やな。まどろむ暇もなきうちに。そのさま化したる人影の。冥き道より音もなく、現れ出づるはいかなる人ぞ。

シテ　これはこの泉のほとりにて、命を失ひたる者の亡霊にて候。晴れぬ恨みのそのままに、この泉のほとりに流れ留まり。いまに浮かべぬわが身なり。

ワキ　さては御身は亡霊なるか。去りながら、縁もゆかりの波のまにまに彷徨ふ我に言葉を交はすは。こはそもいかなることやらん。

シテ　愚かの仰せや。一河の流れ一樹の影。他生の縁も荒磯海の

ワキ　波に流離ふわが身なれば。縁なきこととは白波の
シテ　寄る辺なきは
ワキ　足引きの
地謡　山路の奥の泉にて。山路の奥の泉にて。袖ひぢて結ぶ手の。玉水かけて尽きせぬは。恨みの数はむばたまの。亡き夜語りを語らばや。亡き夜語りを語らん。
ワキ　さらば面々御物語候へ。
シテ　さても。我はもと他国の者にて候が、相慣れし妻とただ二人この国に来たり。ここかしこと彷徨ひ歩きしが、国境の峠にこの泉の候。その水を引き一反の棚田を作り、人目をはばかることもなく裸で生くるたのしさよ。満天の星のもとにて青草を褥《しとね》に目合《まぐは》ふときめきよ。生《あ》れ出で来たりしよろこびよ。生《あ》れ出でしむるうれしさよ。愛《めぐ》き三人の子をも得て、腹ふくれ眠る顔見るやすらぎよ。心穏やかに暮らし候ところに。ある夜のことなりけるが、たちまち響く人馬の声々。

数多の兵《つはもの》寄り来たり。

地謡　ここを出でよと兵は。ここを出でよと兵は。
剣を抜きつつ攻め来たれば。ここは我が家なり。泉も清くおだやかに、明かし暮らして居るものを。退くべきよしも波の間に。否やと言へば無慙やな。
我が子の胸を押さへ、氷の刃に二刀、三刀四刀刺し殺し。
妻をも殺し我が胸にも。立つるや剣の光も失せて。気も魂も絶え絶えに、なりても
恨みは尽きぬ泉かな。
黄泉路に彷徨ふ我が身なり。
黄泉路に彷徨ふ我が身なり。

ワキ　無慙やな。無慙やな。

シテ2　我が物語をもお聞き候へ。

ワキ　聞きませう。

シテ2　泉ある峠で見張れと下知を受け、取りしところの国境。残されし棚田は一反田。

麓のおなごを呼び寄せて、人目をはばかることもなく、裸で生くるたのしさよ。満天の星のもとにて青草を褥に目合ふときめきよ。生《あ》れ出で来たりしよろこびよ。生れ出でしむるうれしさよ。

めぐき三人の子をも得て、腹ふくれ眠る顔見るやすらぎよ。

心穏やかに暮らし候ところに。ある夜のことなりけるが、たちまち響く人馬の声々。

数多の兵寄り来たり。


地謡　ものも言はずに妻子を殺し、我が胸にも。

恨みは尽きぬ泉かな。

黄泉路に彷徨ふ我が身なり。

黄泉路に彷徨ふ我が身なり。

ワキ　無慙やな。無慙やな。

シテ3　（シテ2と極似した装束）無慙やな。無慙やな。

ワキ　無慙やな。無慙やな。

シテ　無慙やな。無慙やな。

シテ2　無慙やな。無慙やな。

シテ3　無慙やな。無慙やな。

地謡　なべて世は夢とうつつの汽水域。潮目も分かぬあはひにて名のる人こそやさしけれ。草葉の陰とは時のひま。群れのひまとも聞きおよぶ。義《ただ》しきことの何ならむ。狂ほしきことこそ眞《まこと》なれ。狂ほしきことの何ならむ。狂じてあれよ草木石。躍れや鳥よ魚獣。奔れや雲よ水ひかり。颪と嗤へよ野も山も。

（ほのかな曙光のなかにワキだけが残されている）

ワキ　下りらばや。このお山をば下りらばや。

地謡　下りらばや。このお山をば下りらばや。

還らばや。遠き家郷に還らばや。せばき家郷に還らばや。にっくき家郷に還らばや。
恋しき家郷に還らばや。
還らばや。
還らばや。

2015/10

夜よねむれ

夜よねむれ

思い出はとっくに消えようとしている
喪われるものたちの記憶をひきとめてはいけない
天候の推移にも昼夜の交代にもかかわらず
いつも世界は光りにあふれていたのだから
小さい者たちへの呼びかけにみちて

明日というものをどうして知ってしまったのだろう
すべては今でしかないのに
時というものに自分を託すしかないと賭けに出てから
うべないつづけた一切のものを
あらかた彼処に遺したままで此処まで来た

氏神や鎮守の杜や箱庭の冬にも
ともすれば生い出でる一本の草が
ぐるりとひと巡りしたあとの僕らの生命の証

論理をひき裂いて理だけにしろ
疑いは光を産もうとあえぐことを知らない
愛することを知っている者たちのみが
忘れ去られるに値する

迷ったまま辿りついた周辺を見回してみると
どうみても此処ははじまりの根もと
眠っていたのだ
枢要な事柄はどれもまた此処からはじまり直す

2011/01/15

しじまのうた

いや、もう語ってはならぬ
ことばはもう置いてゆけ
いや、もう残してはならぬ
ことばをただ音階とせよ
語るよりも
風がお前に教えたことを思い出せ

残すよりも
波から伝わったことを反芻せよ
お前は風
お前は波
いや、お前が単なる階調となったとき
夜はどこまでも深まり
緑はおのれに目覚め
せせらぎは慎みを忘れ
潮騒はとどろきに酔い
翅はりんと張りつめ
翼は力をみなぎらせ

世界は輝きをとりもどす

2011/02/05

それは違う

それは違う
私は貪欲なのです
数えたり並べられたりするものではなく
まるっきりはっきりしない甘美なものを狙っているのです

それは違う
私は寡欲なのです
豊かなものも、気高いものも、厳かなものも欲してはおらず
ただコップ一杯の水を欲しがっているのです

それは違う
私は傲慢なのです
ほんとうに喉が渇ききったなら
水のにおいを嗅ぎつける能力が備わると本気で思いこんでいるのです

それは違う

私はただ忘れたいのです
最終的に覚えておきたいことなど一つもない
私はどれだけのことを忘れられるかに賭けているのです

いや、それも違う
私は焦っているのです
忘れてゆくにはもはや
時間が足りなくなってきているのではないかと焦りまくっているのです
ぜんぶ忘れないと見つけられないのです
忘れて──忘れきったあとに残るものはなにか

線香花火の最後のチュンを
自分で見たいという衝動をおさえるだけで精一杯なのです

いや、それはぜんぜん違う
忘れようと焦ればあせるほど思い出すことが増えつづけて収拾がつかないのです
忘れることは思い出すことだったのかと混乱するばかりなのです

でも私は思いっきり横着なのです
よし、どんな生き方をとるにしてもきっと
その涯にたどりつけないはずはないと高をくくっているのです

思い出すことがなくなってすっからかんになったとき
そこに見えるものはなにか
やっぱり知りたくてしかたないのです

たとえそれがクモの巣にひっかかって干からびた虫のように
風化してゆく何かであるにしても

2011/02/06

おやすみ

あの娘は行ってしまったよ
とてもいい娘だったのにね
せめてこっそり見送ろうとターミナルに行ってみたけど
見つけることはできなかった

あの娘のことだからきっと
そこらに転がっている放置自転車にでものって
すいすいと隣町へこぎだしたんじゃないかな
身分証明書なんかてんであてにしない所があったからね

いや隣町を目指したりなんかしなかった
あの娘には右とか左とか
前とか後ろとかいう感覚がなかった気がする
でも上とか下とかはあったかもね
不思議な娘だった

世界は広い
どこまでもつづいている
だからぼくらはその内側にいるっていうのはちょっと違っているんじゃないかな
あの娘がそう教えてくれた

だれもがあの娘を受け入れてるつもりでいて
それなのに
だれもあの娘から受け入れられていた記憶がない
ほんとうに自由な娘だったんだ
喜びとか悲しみとかからも

ぼくはだれにも言わなかったけど
もちろん本人に言おうなんて願いもしなかったけど

あの娘が好きだった

これからもぼくは生きていくよ
あんな可愛い娘にまた会えるなんてけっして期待しない

あの娘はだれのものにもならない
どこに行っても
どんな時でも

でもきっとあの娘は生きている
ひょっとしたら今もぼくを見つめている

さよなら
ぼくの夢
おやすみ
ぼくの祈り

ぼくはあの娘が好きだった

2011/02/21

ぽかん

君がまたくしゅんとやった
水気がぼくの顔にかかった
もちろん気がつかなかったふりをするけど
君のくしゅんが好き

なにか言おうとしてもごもご
ごにょごにょもぐもぐしているうちに
けっきょく黙ってしまう
君のもごもごが好き

ふたりっきりで何もしないでいるときがいちばん楽しい
ただぽつんとしているって最高だと思う
ぼくと君のぽつんが好き
地球のうえのぽつんが好き

ぽかんと浮かんだ風船を

ぽかんと口をあけて見ている横にいたら
ぼくの目もぽかんとなって
頭も胸もぽかん

人は君が何を考えているのかわからないと言う
ぼくは君が何を考えているのかと考えたことがない

人は君が時代からずれていると言う
ぼくは君には生まれてくる時代がなかったような気がする

人は君には現実感覚が欠けているという

ぼくは君を現実から守ってやりたい

ことばが真実だったことは一度もない
時代は世界を内蔵していない
現実なんて大きらいだ
それがもし純粋な事実なら意味なんかもともと含んでいない

真実はくしゅん
真実はもごもご
真実はぽつん
真実はぽかん

ふたりだけのぽかん

2011/02/24

れーてる

れーてる
君と出会ってもういったいどのくらいの時間がたったのだろう
ほんの数日のような気もするし
何百年もすぎたような気もする
でもきっとたくさんの時間がたったのだ

なぜなら
その間ぼくたちは生活をしたのだから

れーてる
ぼくは君を愛してしまった
れーてる
だから君は死んじゃいけない

だってもうぼくの99パーセントは君で
君の99パーセントはぼくだ

喪失感を口にする人たちは生活を知らない子どもだ
生活しはじめたら自分のなかの何かなどではなく
自分そのものがものすごい速度で喪われていく
その音に包まれてしまったらいっそ爽快な感動すらある

その芥のなかからよみがえり続けるものを
ぼくたちは「わたし」と呼ぶ
この世界は無数の芥と無数の「わたし」でできている

轟音とともにすべてを喪ったあとに
ぼくたちはたったひとつのすべてになった

よみがえったぼく
よみがえった君

よみがえり続けるぼくたち
出会い続けるぼくたち

ぼくたちは生活を知っている子ども
いや
れーてる
ぼくたちは生活しか知らない子どものままでいよう

2011/03/02

明け方の刹那の夢

ケーキ職人を目指して修行中の少年の日記には
レシピや
職場での会話や
親方の言葉や
自分を叱りはげます自身のことばや

その日学んだこと
失敗したこと
浮かんだアイディアがいっぱい詰まっている。

自分のケーキをつくり
自分の店をもつ。
そのためなら苦しいことなんか何ひとつない。

日記には言葉だけでなく
ケーキの形や色
構えたい店の厨房

ファサードの絵が細かく丁寧に
いかにも食べたそうに
いかにも働きやすそうに
いかにも入りたそうに描かれている。

その日記はときどき
「ぼくにはケーキしかつくれない」ということばで締めくくられる。
その誇らしそうなことば
「ぼくにはケーキしかつくれない」

そのことばが書かれる回数が次第にふえてくるに従って
レシピや
会話や
親方のことばや
学んだこと
失敗したこと
アイディアや
絵が減っていく。
そして、いつのまにか
ただ「ぼくにはケーキしかつくれない」
の一行だけが書かれるようになった。

「ボクにはケーキしかつくれない」

毎日同じことばだけが書きこまれる。

それから

日記がただの空白になってからしばらくして

かれが海兵隊に入ったという噂を聞いた気がする。

それからまたたくさんの時間がたって

そんな菓子職人見習いがいたことをみんなが忘れてしまったころ

かれが太平洋の島で死んだらしいと教えてくれたのは誰だったろうか。

ぼくはその話を100%信じたけど

すべてはただもうろうとしている。

なぜならぼくが実際にみたのは、いや、見たような気がするのは「ボクにはケーキしかつくれない」と書かれたノートだけだからだ。

そのあとは空白のノート。

何枚めくっても空白のノート。

2011/04/06

夏のおわりに

あるくひと

もう何十年前になるのだろう
わたしの前では、甲子園で準優勝した高校の野球部が
ユニフォーム姿で千羽鶴を捧げようとしていた
その光景の正面にある建造物の残骸は
わたしたちの文明の遺構にしか見えなかった

ちょうどそれを保存するか取り壊すかでもめているときだったかもしれない
そのままでは危険だからなのだという
一瞬にして人びとが消えていった場所に残されたものを
一瞬にして破壊された街で生き延びた人びとが危険だという

くずれおちるものの象徴はくずれるにまかせろ

保存論も取り壊し論も不健全に思えた

その博物館で中学の教科書で知ったジャコメッティに出遭った

それは教科書の写真よりももっと小さく、もっと細かった
――Life's but a walking shadow.
しかし
鋼をねじあげたように勁いジャコメッティの人は実体だった
かれは移動しようとしていた
どちらに行こうとしているのかを知っているようには感じなかったが
わたしの目の前に人間がいた
その人はあるこうとしていた

わたしたちがわたしを自分の占有物にしようとしたとき
何が指のあいだからこぼれ落ちたのか

post card

恐れ入りますが、切手をお貼りください

810-0041

福岡市中央区大名2-8-18
天神パークビル501

書肆侃侃房 行

フリガナ
お名前 男・女 年齢 歳

ご住所 〒

TEL( ) ご職業

e-mail:

※新刊・イベント情報などお届けすることがあります。 不要な場合は、チェックをお願いします→□
著者や翻訳者に連絡先をお伝えすることがあります。 不可の場合は、チェックをお願いします→□

□**注文申込書** このはがきでご注文いただいた方は、**送料をサービス**させていただきます。
※本の代金のお支払いは、本の到着後1週間以内にお願いします。

本のタイトル	冊
本のタイトル	冊
本のタイトル	冊

読者カード

]本書のタイトル

]購入された書店

]本書をお知りになったきっかけ

]ご感想や著者へのメッセージなどご自由にお書きください

※お客様の声をHPや広告などに匿名で掲載させていただくことがありますので、ご了承ください。

◀こちらから感想を送ることが可能です。

書肆侃侃房　http://www.kankanbou.com　info@kankanbou.com

わたしたちが家をかまえたことで触われなくなったものは何か
まじわりを結ぶさなかに分からないふりをしていたことは何か
わが子を抱きしめるよろこびとひきかえに何をさしだしたのか
そもそもわたしたちは何を願って陸にあがろうとしたのだろう

そう
いつか語られねばならない
わたしたちが魚類だったときのことを

2011/05/08

シングル・ナイト

Ⅰ　朝をまつ呪詞

昭和十九年「批評」三・四月合併号目次

中島敦について……中村光夫　明治の精神……西村孝次
鴎外の歴史文学……吉田健一　（詩）霧島高原……平野仁啓

西行……堀田善衛　堀田君の応召を送る序……山本健吉

（詩）水のほとり……堀田善衛

前年十一月号「石田波郷君の応召を送る文」で

　君が大東亜の戦野に……銃を取つてゐる間、私は再び俳句に就て語るまい。

と書いた山本健吉の編輯後記

「読者諸氏へ」

　今般、文芸雑誌の整理統合に依つて、「批評」もこれまでのやうな形で出せないことになつた。従つて、今月号を最後として、もはや一般小売り書店には出ないことになる。

昭和二十年一月
ガリ版刷りの新「批評」が出るも二月号で消える
発行所　東京都牛込区払方町三四　吉田方

この国が戦争に負けて以来
ぼくたちは自由になった

歴史からも
国家からも
親からも

自分のことばからさえ

記憶と憧憬が交雑し
過去は闇に塗りこめられ
未来は光に漂白されて
自分と現在だけが残る

がほんとうにそうだろうか
それは戦後だけのことなのだろうか

時間はジグザグに進んでいく

——進んでいるのか?
ぼくたちはギザギザに進んでいく
——進んでいいのか?

なつかしい気配はたしかにもうすぐそこまで来ているのに

2012/1/30

Ⅱ　夜をまつ呪詞

なたね梅雨の前触れかと思われた雨がとつぜん雪に変わった夜に

菜の花が雨にいっそう輝きをました光りを列車から見たその日
風の音はやんだようだ
雨音はまだつづいている
置き時計の針が外界の物音と静寂をすべて吸いこんでゆく

たぶん何百日目かの目ざめた夜

午前二時
時はすでに過ぎた
　もう誰も帰ってこ
ない
　残された時間は
ない
　空白はどこにも
ない
　時間は存在では
ない

いつ始まったかわからない時間と
いつ終わるのかわからない時間のさなかで
カミが過ぎってゆくのをカミに気づかれないよう密やかに待ちつづける夜
これからも滞ることなく繰り返される祭り

——質量とは動きにくさをあらわす数量である

祭りに質量はない
だから祭りは現実的である
存在に資料はない
だから存在は失われようがない

存在とはひとつの状況だ
ぼくらもひとつの状況だ
存在のなかの状況と状況
状況のなかの存在と存在

だが
遅れてこなかった「人間」がこれまでにひとりでもいたか!?

ぼくらの祭りを祀るとき
時なき時を祀る夜

空白の時の祭り
シングル・ナイト

2011/2/28

＊表題は、ロバート・マクナマラ『Fog of War』からとった。

眞実のむこう

昔人は宿る場所を確保できず仕方なしに旅寝をしたのではない。
彼らは草を枕とするために旅に出たのだ。

もう十何年かまえになる。
篠栗駅からタクシーに乗ったとき
八木山がところどころ色づきはじめているのに気づいた。
――もうすぐ花見の季節ですね。
初老の運転手さんが応じた。

――はい。今年も桜が咲き始めるとが待ち遠しいですなあ。

　若い頃はなんとも思わんやったとが、なんででしょうかなあ?

ほんとですねと笑った。

あのときは

「若い頃はなんとも思わんやったとが」に共感して笑ったのだと思っていた。

それはそのとおりだったのだが、いまは感じ方が変わった。

ほんとうはあのとき

「なんででしょうかなあ?」に包まれていたのだ。

われわれも、われわれの世界も、その

なんででしょうかなあ?にすべて含まれている。

運転手さんはきっと、なにも意識せずにそのことを客に教えてくれていた。

＊

神には過去がない。

記憶をもたない。

他者を知らない。

「存在」という有限なものとは無縁だから神なのだ。

＊

勘三郎の法界坊をテレビで見た。

見ながら転げまわって笑った。
笑っているうちに声をあげて泣いていた。
あの徹底的な娯楽劇の、あけっぴろげとしか言いようのない哄笑のなかに
人生に必要なものがすべて綯いまぜになっている。

＊

それがほんとうに眞実なら
意味はすでにすべて析出されている。

*

ビューヒナーとアルバン・ベルクのボツェックをも一度見たい。
いや、これからの節目節目で見たい。
節目がまだ来るのかどうかも
その節目が来たときにそれを節目だとわかるかどうかもわからないけど。

見たくも聞きたくもなく
触りかけたら鳥肌がたちそうなのに、どっぷりと漬かりこんで
呼吸する場所をいつも探りあてるのに馴れてしまった
たったひとつきりの現実。

2012/09/15

水準器

無数の始まりと無数の終わり

始まりは無数にあった。
たぶん今もある。
無数にある。

無数の始まりの大半は始まりのままに消滅し

有数の始まりは他の始まりと衝突し合体し
また分離し、また消滅してゆく。

それでも始まり続けるものがある。

始まりの始まり。
無数の始まりの始まり。

始まることは独立することだ。
始まることは関連することだ。

始まりきれなかった無数の始まり。
我々もいつか、始まりかけているものと融合する。
いまも始まりかけているものが無数にある。
ただもう始まりきれずにいる。
もし終わりがあるのだとするならばそれは
無数の始まりかけているものたちが
始まりきれないままになることであるはずだ。

遠い始まりにもとづいたものが
自分がもとは始まりだったことを忘却することによって
夥しく地上や地下や空中や海中に増殖してゆく

その忘却の果てになにかがある。
なにかがひとつだけある
気がする。

いや、違う。

始まりは無数にあった。
終わりも無数にある。

無数の始まりかけて始まりきれないでいることも

無数の終わりかけて終わりきれないでいることも
無数の始まりと無数の終わりのただ中にある。
そして
無数の始まりきれぬものと終わりきれぬものとが影も音もなく究極へと進む。

2014/02/28

またなるはじめに

はじめに理があった。
理しかなかった。
音はなかった。
熱もなかった。
理だけがあったときこの世界は静謐だった。

あるとき、その理が破れた。
いったん破れたものは次々に破れ
破れめからはあり得ないものがあらわになってきた。
すべてはそこから始まる。
そしていま我々はその破れを見つめている。

――消失点の奥になにかが潜んでいた気配がある。
無数の消失点のうちのどれが自分のよって来たところだったのか。
終わってしまったら破れはすべて閉じられるのか？

我々は破れめに目を凝らし、溜息をつく。

——もう戻れない。

けれども
妹よ
弟よ
あせることはない。
還りたいと願う必要はないのだ。
後れそうだと自分を鞭打つな。
自分にいま以上の負荷を加えるな。

自分をけっしてないがしろにするな。
なぜならすべてはいまここで起こりかけていることなのだから。

この世界はいまも破れつづけている。
そしていつか
我々自身が破れそのものになる時が来る。
きっと来る。

その破れはまたすみやかに修復される。
音もなく
熱もなく

影もなく
なんの跡かたを残すこともなく。
——すべての破れが修復されるのはいつのことか…。
そのときが来たらまた会おう。
なろうことなら
こんどこそ独りと独りと独りになって。

2014/03/19

あとがきに代えて

一筆がきでは済まないことを

わたしたちはコトバで考えつづけているわけではけっしてない。
少なくともわたしは、肝心なことをコトバで考えたりはしていない。
（たぶんほかの人たちも）
コトバで考えているつもりのことの大半は自分に対しての説明や説得だ。

火野葦平は「ことばは灰だ」と言う。
実質は燃えつきたもののほうにある。

しかしわたしは、コトバとはもっと硬質なものだと思う。
それに、火野葦平のなかで燃えつきたものはけっして「考え」などではない。
かれにとっての実質は「考え」などではなかった。

コトバは完成ではなく中断だ。
いや頓挫だ。

わたしたちはコトバでではなく
ちょうど絵の具をぬりかさねるようにして何ごとかを考えている。
なんども〳〵ぬりかさねては自分の考えを確かめようとする。
かさねぬりを繰り返しているうちに滲みだした周辺が乾いてかたまりになっていき

輪郭が見えはじめる。

コトバは絵の具から滲みだして乾いた膠だ。

コトバは考えにとっては異物にすぎない。

コトバは考えを頓挫させた障害物であり、考えの齟齬によって生じた外郭だ。


コトバは考えの周辺だ。

コトバが出てきたらもうその外側へは滲みようがない。

だから考えてきたことがコトバになったとき、ほっとすると同時にがっかりもする。

コトバという硬質な形骸は自分に自分のそれまでの考えの形を見せてくれると同時にそれ以上ぬりかさねようがなくなったのを教えているから。


——また、最初からやり直すしかない。

いったんの結果であるコトバを忘れないかぎりわたしたちは先には進めない。
それがけっこう難しい。
難しいし、じっさいに、こうして説明しているような順序で自分が考えているのかどうかも
かなりあやしい。

しかし、わたしたちもわたしたちの周辺も
一筆がきのようなもので説明がつくほど単純なものではない。

乾いてかたまりになってゆく周辺の外側にはコトバ以後が広がっている。

コトバ以前の考え。
コトバ以後の考え。

その間にコトバがある。

まるでモノがあるようにコトバがある。

わたしたちはコトバの発する力でそのふたつのものが遊離することを妨げようとしつづける。

コトバ以前のものと、コトバ以後のものをつなぐ役目。

それがわたしたちの必要としているコトバだ。

必要なのはコトバそのものではなくコトバとコトバの継ぎ目から溢出する何か。

膠のようなコトバが発する力。

自分のコトバの偏頗な意味が析出するただの力。


流動しているのはコトバではない。

流動しているのはコトバ以前とコトバ以後のわたしたちの現実だ。

その現実をわたしたちにつなぎとめるためにあるかのようなコトバ。

わたしのコトバは常に一時的なもの、仮のものでありつづける。
わたしは自分のコトバがまがいものであることを恥としない。

わたしは中断をいとわない。
わたしは頓挫をよろこぶ。
わたしは自分が齟齬そのものであることに安堵する。

けっして一筆がきでは済まないわたしたちの現実。
繰り返し〳〵累ねてゆくことで形にするしかないわたしたちの考え。
そののろくさい進行の行きつく先がコトバではなく中断でもないことを
わたしはけっして期待しない。

2014/09/07

■著者略歴

荒木 理人（あらき・みちと）

1948年福岡県飯塚市生まれ。
嘉穂高校19期生。
明治大学卒業後、福岡市内外の高校教師を勤め、
現在は福岡市立博多工業高等学校非常勤講師。
宗像文夫、五條元滋との共作『連句集　ふらう』

一反田

二〇一六年八月三日　第一刷発行

著　者　荒木 理人
発行者　田島 安江
発行所　書肆侃侃房（しょしかんかんぼう）
〒八一〇・〇〇四一
福岡市中央区大名二・八・十八・五〇一
（システムクリエート内）
TEL：〇九二・七三五・二八〇二
FAX：〇九二・七三五・二七九二
http://www.kankanbou.com　info@kankanbou.com

挿　絵　浜田 康夫
装丁・DTP　園田 直樹（書肆侃侃房）
印刷・製本　大村印刷株式会社

ISBN978-4-86385-229-7　C0092